살면서 그 누구나 다 한 번은 꽃

— 꽃이고 싶니? 너 예쁘구나

김동우 시인
1956년 1월 4일 서울생
서울예술대학 문예창작과 졸업
대한출판문화협회 편집인 대학 수료
금성출판사 세계문학부 근무
영림카디널 편집장 재직
'낮달' 시 동인으로 시 창작 활동
▲ 저서: 시집『번뇌의 시간, 꽃으로 피다』『야생화』『희망이 있으니까
기다린다』출간

살면서 그 누구나 다 한 번은 꽃
― 꽃이고 싶니? 너 예쁘구나

초판 인쇄 / 2023년 6월 2일
초판 발행 / 2023년 6월 9일

지은이 / 김동우
펴낸곳 / 도서출판 말벗
펴낸이 / 박관홍
신고일 / 2007년 11월 2일

주소 / 서울 노원구 덕릉로 127길 25 상가동 2층 204-384호
전화 / 02)774-5600
팩스 / 02)720-7500
메일 / malbut1@naver.com
ISBN 979-11-88286-37-9 03810

www.malbut.co.kr

하림시인선 10

살면서 그 누구나 다 한 번은 꽃

— 꽃이고 싶니? 너 예쁘구나

김동우 시인

작가의 말

특별히 드릴 말씀은 없는데 제가 시를 쓰고 있는 이유는요 아무리 힘이 들어도요

이 세상은 아름답다 꽃이어라 그 꽃이더라 다른 말이 필요 없네

그 꽃을 바라보는 그 마음 누군가의 가슴 속에 피는 저 이 사랑이어라

음 무얼 늘어놓지 않고서도요 사랑 사랑 그 사랑 행복하기에 웃고요

꽃님네들의 그 아름다운 저 마음을 대신하고 싶어서 웃고들 살면 모든 것이 다 꽃이래요

저기 있는 길가에 그 꽃 음 그걸 지금 보고 있어요

저 사랑 사랑 그 사랑하는 마음들이 그래요 나누고들 함께하는 그 마음들이 다 그렇네요

믿음 안에서 피는 저 그 꽃이요 작아 보여도 예쁘게들 꽃이다

음음 음 그냥 바라보고만 있어도요 눈물이 나는 그런 그 세상이면 좋겠습니다

기쁨이 넘치는 그 눈물

음 모두의 사랑하는 마음을 다 그런 꿈으로 얼룩지게 하

고 있네요

　저 늘 푸른 바다에 가보면 알아요 그 곳에 꿈이 있다는 것을 누구든지 알아요

　음 세상은 아름답다 늘 아름답다

　다들 그렇게 살고 싶네 모두가요 저 꽃 예쁜 것처럼요

　다들 그렇게들 살았으면요 좋겠습니다

　음음음 세상은 아름답다 늘 아름답다

　늘 언제나 그 언제나 늘 어디서 보든지 그게 다 예쁜 저 꽃이 그런 꽃이어야 하는 마음으로 보고 또 보고 작가의 말을 대신합니다

　다들 어디서든지요 웃고들 있는 그 꽃이어라 꽃이더라

　저 웃음꽃요 모두가 사랑하며 행복한 저 꽃밭에 있으면 좋겠습니다

　나누고들 사는 그 세상 저 믿음 다시 보니 그거요 다요 다

　허허허 지금은요 그게요 다 예쁜 꽃이네

　☞ 2023년 6월 9일 결혼기념일에 아내에게 바치는 선물…. 결혼 40주년에 예쁜 꽃들의 시인 김동우 안드레아 시인이 네 번째 시집『살면서 그 누구나 다 한 번은 꽃』을 헌정합니다.

차례

1부   오래 봐야 아름답다

7

3부 아내한테

1부
오래 봐야 아름답다

부부는 이런 거겠죠

사랑하는 마음이 예쁘게들 웃고
꽃으로 피어 있는 그 곳
그 꽃이 함께
행복하게 사는 곳
거기가요
대개는 이런 거겠죠
그 부부는요
저 꽃이요
예쁘게들 사는 그 곳
저 꽃 세상
그 아름다운 저 꽃밭

꿈속 고물 장수

고물
남들의 못 쓰는 망가지고 버려진 물건들
그런 것들을요
마구 부서지고 버려졌어도
그것들을 예쁘게 웃고 핀 그렇게 보아주는 마음
그 마음 착한 그런 사람들이
어찌 보면 다들 다 꽃일세
그 꽃 고물을 예쁜 꽃으로들
보고 있는 그 고물 장수가요
세상에서 가장 아름다운 꽃이랍니다
그 꽃 어화둥둥
그 꽃 타령이 웃고 있는 저 꽃
지금도 웃더라 웃네요
허허 허~ㄱ
웃음꽃

벽

누가 앞을 가로막고 있다
예쁜 꽃님네들이 그러네

그냥 지나치지 말라고
그냥 스쳐 가지 말라고요

지나치면 그 벽
그냥 지나가면 다시는

볼 수 없다고 그러네요
저 늘 웃고 보게 되는 그 꽃

문패

그거 그 문패 없어진 지 오래다
지금은 번호가 그 아파트의 주인을 대신합니다
몇 동 몇 호인지 그렇게들
참 이름이 없다
꽃 이름이든 사람 이름이든
그게 그냥 편하기는 한데
불편한 것도 있더라
지금은 그 문패가 없는 아파트가 짜증이 난다
글쎄요
에고여라
허허허 허겁지겁 허둥지둥
저 싱겁게

투명

투명하다는 그것들요
저 깨끗한 그것이 이쁜 꽃인 듯싶은데
그게 그게요 그것이요
어 그런 이쁘다는 그 꽃은요
아니래요 다들 다 그냥
저 예쁜 꽃을
보고 있는 마음의 창이랍니다
글쎄 그것들 참 다요
허 참 웃길세 그거요
누가 봐도 꽃이던데도 그럽디다
어어 그 어이가 없게 어화라 그 꽃
그 늘늘 늘이요
투명하게 웃고들 이쁘다는 그
저 꽃들

갈망

갈망 그 갈망들 거시기들
에고 휙 이대로 잠자리에 누워서요
편하게 웃고 내가 그냥요
저승으로 갔으면 좋겠다
저 꽃잎이 시들시들 지는 것처럼들요

글쎄 그 죽음인 그것이요
내게도 그러면 좋을 것 같다
그런 저 갈망
물고기들이 잡히는 저 그물망과도
비슷비슷하게도 죽음인 그것은 그게 같네요

물고기의 저 저승 그 그물망
그런 어 그물망은 아니어도
아이고 갈망 가는 망
저승으로요

그냥 잠자리에 누워 누워서요
글쎄요 편하게 웃고 갔으면 좋겠다
내 마음속 저 그 꽃이
Aa
a

자연의 그 소리

무슨 소리여도 대개는 다 꽃이어라
저 예쁜 그 꽃이더라
모두가 그렇네요
다다 다
바람 소리 새소리 강물 흘러가는 소리
파도 소리 등등 다
어 그게 그렇네요
그 모든 것이 예쁘게 보이는
음 음 어 저 꽃이다
우리 모두 기분이 좋아서
웃고 있으면 보이는
그 웃음꽃이네요
자연스럽게요
신기하게요
그것참 자연의 그 소리에서 느껴지는
그저 꽃 저 꽃

화첩 기행

풍경 저 그림을
풍경 속에 담아서 그리고
그걸 그것을 아름답게
꽃이 예쁘게 웃고들 핀 들꽃처럼
표현할 수 있는 그런 사람 화가가요
기행적인 그 행동을요
하다가 만난 저 예쁜 꽃
그 애첩과 사랑스러운
저 허허 그 만남이
그 화가들에게는
그 예쁜 여인과의 사랑
그런 그 꽃이어라
지금도 저 예뻐 보이는
그림 같은 느낌이 드는 저 풍경이

항상 늘 행복해

그거요 그것이 대개는요
다다 다네요
저 이쁜 그런 저 꽃의
그 생각이다
그 누구도 지금까지
생각지도 못한 그 누군가의
답답했던 그런 마음속의
저 꽃이어라
그 꽃 참 늘 웃고요
그렇게 예쁘게 행복해지고
그러고들 싶다는
저 그 마음이 저 꽃이 되고 싶은 그
저 꽃은

오래 봐야 아름답다

웃고 피운 그 꽃
그 꽃 오래 봐야
아름답다고 하더이다
사람도 그렇다
예쁜 저 꽃 저 꽃이
믿음은 늘 웃고들 있는 예쁜 그 꽃이어라
공공연히 그 공공연하게요
저 어디서인가는 꼭 꽃이라고 했던 저 꽃이요
그 꽃 그 꽃들 사랑이더라
행복해 보이는 그 꽃들의 소박한 믿음
바라만 보고 있어도요
저 예쁘다는 그 꽃이네

커피 잔

저 저요
그 커피잔 자세히 보니
귀가 하나밖에 없네요
그 안에 든 누군가의 따뜻한 마음
누가 뭐라고 하든 감사한 마음으로요
그 하나밖에 없는 귀로요
듣기만 하래요
듣는 그것이 다 대개는 지금도
허허허
저 길가에 웃고들 피어 있는 이쁜 그 꽃이래

무거운 아침

지금 그 이른 새벽
해가 뜨고 있는데도
아직은 새벽의 그 어두운 밤이
무겁다고 하네
아이고 그 사람들 왜 그래

꼬꼬댁 꼬꼬 그 새로 시집온 새댁이
그 이른 새벽을 부지런하게
이리저리 흔들고는
어둠을 가르고서는 큰소리로 웃고
저 붉은 해가 뜨고 있다네 힘차게

꼬꼬댁 꼬꼬 꼬끼오
이제는 다들 그 어둠에서
벗어날 시간이라고 알리는 데도
그 다들 게으름 그 잠에서 깨어서네
저 이른 새벽에요

아침을 맞이하는 것이 그렇게 힘이 들어
다 그 무엇이든지 무겁다고 해요
지금은 저 암탉이 우는 소리
그 소리만이 저 해님이
밝은 빛으로 예쁘게 웃고

떠오르는 그 해님의 그 모습이
우렁차게 반갑다고 합니다
어허 저 어두운 그 밤이여
빨리 물러서거라
저 새벽을 부지런히 울리고 있는

그 꼬꼬댁 꼬꼬 그 새댁의

모두를 사랑하는 그 마음 저 밝은
그곳에서는 꽃들이 이쁘게 웃고
피어 있는 저기요
그곳으로 이끄는 아름다운 맘씨

저 꽃 그 꼬끼요가
아직은 이른 새벽에는
가장 일찍 웃고 피는 그거요
저 이뻐 보이는 그 꽃이어라
그런 꽃이더라 꽃이네

죽은 영혼

제정 러시아 대문호 고골리의 명작 '외투'에
그 누가 누덕누덕 여기저기 기운 자국으로 누워 있다
예쁜 꽃으로 웃고들 피어
그 이쁜 것이 저 꽃이더라
웃음이 그 으뜸인
누군가의 저 사랑이 행복으로
그렇다
저 그 아름다운 꽃밭에서 봤다는 웃음꽃
저 웃음꽃

만두

누군가의 대가리가 내 입속에 있다
그거 거기에요
그 누군가의 살점이 들어 있어 뱉어내
고기를 먹을 줄 몰라서
그 제갈공명이 사람 대신
물귀신을 잠재웠던 그 만두
고기를 못 먹는 사람들에게는
누구든 나 말고도
그 김치만두가 꽃이다
그 꽃 지금도 살생은요
싫다고 하면서 어디서든지요
다들요 다들
김치 하면 해맑게 웃고들 한 컷
웃음꽃 그 꽃이다

에이

그것 참이다 A
영어로는 으뜸 첫째 최고 등등
어느 누가 봐도 좋아 보이는데
한글로는 그게 글쎄 영 아니다
에이 그 에이가 평소에 속이 상하고
뭔가 단념할 때 쓰기 때문에 그래요
다들 그러더라 가끔은요 그래요
그거 에이 에이 나도 모르겠다
다 알 수가 없는 노릇이다
A 으뜸인 그 꽃이요
다들이지 지금은요
에이 우리가 보기에는
예쁜 그 꽃이 아니라고 하더이다
에이 에이라고 하는 저 꽃이

어떻게 번역하면 좋을까 그걸

누가 지금은요
자기가 예뻐서 꽃이라던데
남들이 보기에는
그렇지 않아 그 고민이다
꽃이 아니어도요
있는 그대로이면 다들
고민도 없을 것 같은데요
꼭 꽃이라고들 우겨요
그 번역이 잘못된 것은 아닌데
마냥 버티고들 있어요
지금 보고 있는 저기 저 쓰레기
그 통 속의 시들시들해 버려진 느낌
저 꽃이 그 꽃을요

내려놓다

방금 몸에 지닌 짐을 다 내려놓네요
그러고 나서 보니
부처님의 자비로운 마음이
지금은 내 마음속에도 있더라
진흙탕에서 웃고들 있는 그 연꽃이 되어서
그걸 지금 보고 있다
내려놓고 있는 저기 그 빈 곳에는
여러 마음들이 그 연꽃처럼 색다른
꽃으로 피어 웃고들 있다
언제든지 장소에도 구애받지 않고
누군가의 모두 그 어떤 것도
대개는 글쎄 글쎄여라
사랑도 행복도요 예쁘게들
저 웃음꽃이여

찐빵

반죽이 모두가 보기에는
그 고통스러운 상처가 맛이 있다는 찐빵도
단팥 속에서요
슬픔인 그 꽃이요

강물에서 바다로 가기 위해서
조용히 흘러 흘러 지금은
저기 저 흐르는
그 수많은 눈물이 그 꽃이어라

모두의 사랑하는 마음속에는
예쁜 꽃처럼 보여지더라
그것이 진짜 꽃이더라
어디서든지요 그 꽃

지금도 저 꽃이다
누구한테도 그렇답니다
허 허 허ㄱ
허겁지겁 일하고 서둘러야 합니다

저 꽃밭을 길거리에서도 자연스럽게
다 예쁘게들 가꾸려면 꼭꼭 꼭
분명하게 그래야 합니다

모든 것이 힘들어도
힘껏 웃고서는 참고서 참으라네
아주 아름다운 저 꽃은

살면서 그 누구나 다 한 번은 꽃

조금은 다 누군가도 그렇다고들 한다
저 꽃이다 그 꽃
지금도 그 아픔이 꽃이어서
무엇을 보았든 간에 다들 그렇답니다
전부가 거시기해 보여도
그게요 이상해서 들여다보면
참말로 다 이쁜 그 꽃이어라 그 꽃이더라
저 사랑이 고스란히 그저 좋아서 꽃으로
어디든 있다는 그런 그곳은
전부터 궁금했는데요 진실은 그렇다더라
누 누이들 그러더라고요
평소에도 잘못 그 수줍게 미소를 짓고는
지금은 누워서도 흔히 볼 수 있다는
그것이 말이다 그 어떻게 해서든지
어디서든지 지금도 억척 그 억 허허
억지로라도 웃고들 있는 저 웃음꽃

덕담

그 담은 담고 있는 그것들이요
안에 담긴 그것이
전에는 흔히들 말하는 덕담이
그런 예쁘게들 웃고는 꽃이어야 한다
저 꽃은 아니어도
허허 허ㄱ 허 허겁지겁들 참으로요
저 엉성한 그 돌담도요
단단하고 견고한 그 누군가의
저 집 돌 담쟁이 마음속에는 사랑도
행복해서 웃는 게 그렇다
보기에 따라서는 모두
다들이지 꽃이어라 그 꽃이더라 늘
저 꽃 그 험하다고 하는 그런 그거가요
물고기를 많이 잡는 바닷가 어부들의 그 꿈이요
지금은 저 바닷가 거친 어부들의 그 여정에서도요
다 그 누군가에게 예쁘다는 저 그 꽃이다

화화 화

화 화 그 꽃이 저 푸른 하늘 어딘가에서
어쨌든 누가 봐도 그 높은 곳에서는요
고스란히 남아 있는 것이 다요
그 이쁜 저 꽃이 저 꽃이다
숨어서들 그런다 분명하게
어디서든 머뭇거리지 않고
꽃으로들 피어서는 지금도 웃음이다
그게 보기가 너무 좋지 않나

나만이 그런가 그 예쁜 꽃이 웃고 피네
산에는 들에서요
때로는 그 마음이 다 꽃이여 행복하니까
가슴은 아주 아파도 그게 편하더라
나만은 지금은 참 참사랑인 줄은 알면서도
나 혼자는 꾸준히 아니겠지요

잘못 본 것은 아닌가 그렇게 표현하고 있어요
생각지도 못했던 일이 일어나는
그곳에서는 모든 것이 다 아름다운 그 그림을
어디서든 예쁘게들 웃고요
그리고 있는 그런 웃음꽃이 활짝 그게요
저 꽃이 그 꽃이어라
나만이 혼자서 알고 가만히 있는
그 꽃이어라 그 꽃이더라

늘 함께하는 길가에 여느 그 골목에
지금도요 그 아픔이 허허허 허 허둥지둥하다가
그저 실없이 다들 예쁘게들 웃고

그 무궁화꽃이 피었습니다
모든 사람의 그 머리카락이 보일까요
저기에 있는 것이 어둡기는 해도

꼭꼭 꾹 꼭 어딘가에 있을 그 꽃을 보면서
정말로네 그냥 그 웃는 저 모습으로
수줍게 수줍은 듯이 이제는 좀 더
조용히들 하라고 하고는 창피하게끔 그게 아닌데도
다들 꽃이래요 화목하게
수많은 누군가에게 조금은 그러고들
이제야 글쎄 그러고 싶대요
금방이라도 숨어서

왔다

다 왔다고 누군가가요
그것이요 허허 허 ㄱ 허ㄱ
최고라고들 하는데 그런데도
다들이지 다들 그 꽃이래요 보기가 싫었는데도
그 보고 있는 저 길가에 마구들 침을 뱉고 다 그거요
아무렇게나 그 못 쓴다고 버려진 얼굴이요
누구한테든지 예쁜 꽃이래요 그것 참
다 참이어라 그 꽃들이요 저 꽃이요 이제는요
어디서든지 머뭇거리지 않고도
누구였어도 그것이 전부 다다요

아름다운 저 꽃이어라 그 꽃을 예쁘게들 웃고 웃고요
지금도요 사랑하면요 닮는다더니 다 행복으로도
기억에는 그래 지금도요 계속 그래요
보기 좋은 떡이 먹기 좋다고들 하던데요
내가요 조금 전에도 거짓말로 그랬어요
높은 그 산이든 험한 세상 모든 고갯길에서요
희망을 다요 다 잃고 헤매고 있는
수많은 그 사람들을 힘들게요
저 고생이 심하다는 그 꽃이요

우리들 할미꽃이 져요 져
보릿고개를 힘들어도 참고는 넘고들 있습니다
저 할미꽃 슬픈 그 현실에요
고개를 그저 숙이고 보라고
보랏빛으로 수놓고는 무지개 빛깔로 인해
눈을 뜨고 다시금 뜨겠지 하더라 뜨겠지요
그렇게 저 푸른 하늘 어딘가에서 어쨌든 누가 봐도
예쁘다는 그런 꽃이어야
그래야 한다는 저 어르신들의 그 말씀들이

무조건요 기다리면 다 그게요 된다고 합니다
우습게도요 그 꽃이어서 웃고들 그런다 예쁘게요
다들 다요 지금은요

그런 그 꽃이어라 저기 있는 그러는
과연 고상한 꽃이더라
저 꽃은요 그리들 보여도요
실지로는 그래요
전혀 신경을 많이들 어쨌든 써야 합니다
그래그래 그렇다고 해서다
누구한테도요 그렇게들 표현을 하고는
요즘은요 기다림이 어디서든
그 꽃이다
그것도요 저것도 아닌
어떻든 아무리 생각해도 믿음이 가는 저 꽃이다

한 번 이상 먹으면 맛이 있다는 그거요

여기까지가 끝인가 보오 예쁘다는 그 꽃은
저 꽃이 그 꽃이다
어디서든지요 저 꽃이어라 저 꽃이
그러니까요 나도 이상해서 자다가도 벌떡 일어나서
자주 들었소 허허 너도 지금은요 모두가 다들 꽃이래요

사랑하는 그 꽃이다 그것도 이쁘게 웃네요 해맑게들
은은하게 빛나는 밤에 우연히 웃고들 끼리
그 꽃이 끼리끼리 웃고요 예쁘게
그러니까요 더 이상 더 먹고는 그게 참으로
이상해서는요 요즘 늦었지만 에고여라 저요

어디서든지요 웃기고들 있네
코미디가 아이고 저 꽃은 아니어도 그 꽃이요 저 꽃이요
그게 다들요
저요 저요 저기요
이쁜 그 이쁜 그 오래된 사진관에서 본
저 흐리게들 보는 그게 그것이요
지금은요 어쨌든 누가 봐도요 다 그렇다네
그런 그 꽃이어라
저 낡은 고 사진 속의 꽃 그 꽃이다

감사할게요, 그 오두막에 사는 서가여 그 책

깊은 그 산 속에서는 다 꽃이다 그것도 그래요

그거요 웃고들 산다고들 하더이다

그 꽃이어라 그 꽃이더라

저 깊다고 하는 그 산 그 속에서는

요즘에는 그거요

거저 다 그렇게들 표현을 해요 그 꽃이요 꽃이

중놈들은 아니지만요

그래도 그러더라

은은한 빛이 되어 조용히 미소를 짓고 있다

저기 있는 그 꽃이 지금도요

그랬어요 웃어야 된다고
아이고들 웃고는요 그럽디다
저요 저 그 산사의 허허허 풍경소리가 웃고 있다
그 작은 물고기 한 마리가요
스님들이 웃고들 그런다
부처님도 훌륭한 일을 하고는 싶은데 그게
지금은요 어디든 있다
예쁜 꽃이어서요 어딘가 모르게 눈물이 난다고
누구든지 그렇게 하더라고요
그 꽃이어라 그 꽃이더라
늘 함께 저 예쁜 꽃이다
저 꽃이다 그 이상한 나라의 저 웃음꽃

그 생선은 저 머리부터 먹어라

참이지요 누군가요
그게요 이상해서 그런가요 어디서든 그
그거 꽃이다
그 북한식 그런 꽃이어서 그러는가
그 꽃이요 요즘에는 이상해서도요
다들 그 꽃이래요
그것이요 참 그러고들 있어요

어디서든지 처음처럼 다시 시작합니다
그 맛이 있다고 그 하는 생각이 듭니다
그 꽃이 아니어도 예쁘다는
그것들이 다들 이제는 다 꽃이래요
다들 웃기고들 있네 그 꽃이든 아니든
저 코미디 같은 그 슬픈 그런 현실이
사랑하는 예쁜 꽃처럼 보여지는 마음들이
다 지금은 많이도 아파요

그토록 바라던 그 꽃이
어디서든지요 저 꽃 지금은 그러더라

그 마음이 아프다고 행복하니까 괜찮아요
에go 누구든 그렇게들 표현하고 있는
저 예쁜 꽃이었군요

그거 아이고 다 내 머리야 저
그 꽃이 내 머리야
그리 그리 하고들
전부터 궁금했는데요
그런 것이 있다고 하더이다
어디서든지요
그거 지금도요 계속 그래요 이제야 봤다
저 그 꽃을

뒤집기

그 꽃 그 뒤집기
추운 겨울 그 어두운 밤에요
내가요 내가 시골 그 온돌방에 요를 깔고 아랫목에 누워서
두터운 솜이불을 덮고 자다가
밤새 내 몸을 엎치락뒤치락

그렇게 날 밤을 지새우면서 다시 잠을 자다가
꿈을 꾸는 그 마음이 온돌방 그 구들에서
겨울 추위를 면했지만 지금은 글쎄
내 몸이 밤을 새며 한 것처럼
그 엎치락뒤치락 그러고는
잠 못 이루는 달맞이 그 꽃이 되어
그 몸의 피로가 누적된 그의 마음을
날을 새가며 그렇게 이리저리
그 엎치락뒤치락 뒤집기를 하고 있다

그 온돌방 그 곳에서요
지금도요 방금 조금 전까지도 그랬답니다
내가 그 마음속에서의 엎치락뒤치락

그게 그 글쎄요
그 지금은요 그것 참 신기하게도 그렇네요
저 그 밤에는 예쁜 달맞이
그 하얗게 핀 그 꽃이다

2부
수줍은 고백

감각

혀로 느껴야 하는 것을요 몸과 피부로
그 마음이 고스란히 지금도요 계속이네요
새로운 꽃으로 느끼고 있다
그 느낌 전혀 나쁠 것은 없는데도 지금은요
새롭다는 그 꽃이 가끔은 내게 부담이다

예쁘게들 웃고 있는 저 들꽃처럼
그 예쁜 숨어서들 웃고요 핀
그 수많은 들꽃을요 누가 봐도요
어느 누구도 가꾸거나 돌보는 그러는
사람들이 눈 부릅뜨고도 어디서든
자연스럽게 찾지는 못했다는데

그 들꽃이 숨어서 웃고들 핀 길가의
예쁘다는 그곳에서 누군가를 불문하고
누구든 그 모두에게 글쎄
사랑하는 예쁜 꽃집의 그 꽃처럼
그 들꽃만의 그 예쁜 사랑으로
그 길가의 한적한 먼지가 낀 저 벤치에 앉아서 웃고들 서로
담소를 나누는 사람이거나 지나가는 사람들을 늘
그런 그 꽃이어라 그리 대하고 있다

그것을요 어디든 들꽃 그들만의
저 강인한 야생화에서만 언제든 볼 수가 있다네
집 안에서 가꾸는 여러 가지각색의
그 꽃님네들과 그 차원이 어떻게 봐도 다르더라
그 이쁜 저 들꽃 이제는 숨어 피지는 말라
누군가에게 밟혀서도 피는 그 노랗고 하얀
저기 있는 이쁜 꽃 저
그 민들레도 허름한 길가에 있는 들꽃이다

그 꽃 집안에서 가꾸거나 심고

매일매일 정성을 들여 물을 주고 있는 화초와는
그 차원이 다 다른 것처럼
그들의 격도 전혀 다르네
그들만이 해낼 수 있는 그 들꽃의 품격 말일세
시름시름 붉은 빛으로 저물어가는 다 늙어가는
그 노년에는 오늘도 그 꽃이요
사람들 그 어느 누구여도네요

그 들꽃의 사랑이요 크게요
위안과 마음들 따듯하게들
위로가 되더이다 그 사랑 그 사랑이 행복하니까요
그런다고 합디다 그 거기가
장소를 떠나 산과 들에 어디든 지천으로
웃고들 피어 있는 저 꽃 그 들꽃이
온 세상에 사랑과 평화 저 행복도요
누군가의 힘이 드는 마음을 흔들고요
신앙적인 그 굳건한 믿음을 전하고는요
그것을요 다들 누군가가 참으로
지금도요 계속이네요 전하고 있다

그 지금요 감각적으로 느끼고 있는 그
믿음을 주고들 있는 사랑 평화 행복 등이
우리들 가슴 속에 있다는 저 꽃이어라
어디서든 밟혀서도 부끄러워도
그 숨어서 웃고들 피기는 했어도
수많은 사람들에게는 누구나 지금부터는
사랑하는 평화로운 등등 여러
행복한 그 꽃이다
들꽃만의 독특한 저 그 사랑

관음증

부처님도요 저 꽃님네들요 그 하느님도요
다들 온갖 그 갓
맛있다는 그 여수 돌산 갓 성인들도요
그 외면했던 저 남녀간의
그 섹스하는 모습을 다들이지
누구도 그 어딘가에서 꽃놀이를
그 한다고 있는 것처럼 보여서는
즐겁게 구경을 열린 창문을 통해서들
훔쳐보고 있다 그런 꽃으로 웃고요
그 꽃은 저 섹스에 열심인 그 남녀들
그보다는 그냥 쏠쏠한 저 모양이다
그 관음증 다 한밤중에는 달나라 떡방아를 찧고 있는
그 곳에서는 수많은 은하수의 그 별을 볼 일도 없다
그 별별 볼일 없는 그 별이 그런 그거가요
어두운 그 밤에는 글쎄 그 지금도요
그러더라 저 저 예쁜 그 꽃이어라 그 꽃이다

주안

인천에 가면요 제물포 서울 방향으로 있는
전철 1호선 그 전 정거장 그 역이요 주안은 정말로 아니다
그 주안 예부터 맛있는 술과 함께
그 맛이 있다는 매운 양념의 웃음인 안주가요
고춧가루 뒤집어쓰고는요
고운 빛깔로 가지런히들 맵게들 곱게요 내 그 꽃처럼
사랑스러운 아내가 내어준 그 술상이다
그 주안은 집주인이나 객들 지인들 모두가 꽃이래요
술 그 한 잔에 취해서 웃고 핀 그 꽃이
거나하게들 웃고들 조용히 있는 그 취객이
내 마음 속에는 아내와 함께 그
지인들 모두가 다들이지 꽃이더라고
저 취기 어린 그 붉은 빛으로요 그 술을
지금도 한없이 작아지는 느낌으로 소외감을 스스로가
감각적으로 받아들이는 저 붉게요 지금은요
그 곱게 그 모든 사랑하는 그 마음들이 저 꽃이다

명인이다

명인 명인이요 저 모두에게는 다요
그 예쁘다는 저 선물이다
그 꽃이어라 어딘가에서는
숨어서들 그런다네 누구든지 다들 다
지금은요 전부터 허허 허ㄱ
분명하게들 그 꽃이네요

저 예쁜 꽃 그 언제이고 뭐고요
그 저 꽃이어라 저 꽃은 어디서든지 그랬답니다
허허 허ㄱ 아이go 고고 에 go다
맛이 있다는 그거요 글쎄
그 요즘 찐빵을
다시금 다들 꽃이어서
그것을요 많이들 만들고 있다

어디서든지요 그런다
예쁘게들 웃고요
조금 그 전까지도 그랬답니다
저 맛있는 그 만두도요
보기가 싫었는데 맛나게요
그걸 지금 만들고 있다
길거리에서는 선물이다
그게 저 예쁜 그 꽃이다

그 두 손가락을 빨다

자주요 그것도요 웃고들
저 그 꽃이어라 저 낡은 고 사진 속의 저 꽃이
오랜 오래된 그 추억들이 슬며시 스쳐 지나간다
재래시장 저 좌판에 드문드문
모든 것이 있다는 그 곳에
언제든지요 가면요 그게
아주 많이들 좋아서 그런다
오래된 빛이 바랜 그 이쁜 저 꽃이어라
저기 있는 그 흐린 사진 속
그 오래된 그 사진첩을 가만히 보다가도
그거 갑자기 그 사랑하는 마음들이 행복하니까요
가슴은 뜨겁게 아파도 허허 허ㄱ 슬퍼진다고들
지금은요 그러네요
그것은 누구도요 해결할 수 없는
그러는 그 꽃 저 꽃이요
그 어쩔 수 없는 그 일이 꽃이어서네요
그 꽃 그 일 맛이 있는 그 음식을
기분이 좋다고 먹고는 예쁜 저 꽃이어서
슬픈 마음이어도 참고 견디기만

허허 싱겁게들 웃고 있는 무엇이든 한다
지금은요 그것이 모두 꽃
지금 지금은요 그것이 그런다
그러더라 미소를 짓고 웃고들 있어요 허허
잘못 본 것은 참참 아닌가 생각들을 한다고 말했다
누군가에게 보기 좋게 그것을
그저 예쁘다고 생각하는 그 맛이 있다는 저 꽃이다

이제 만나러 갑니다

아주 늦었지만 그게요 이상해서요 꽃이다
이제 그 서로가 마음이 편해진 그 모양이다
이상한 그 을지로 입구에서부터 세운상가의 그 꽃이요
저 그 곳에서요 하얀 거품을 물고는
모든 것이 흰 꽃으로 피어 웃고 있다
그 평수가 넓은 그 을지로에서는
황무지 그 외에는 꽃밭으로는
별 쓸모가 없는 그 꽃이어라 18 그 니mi
나는 그 곳에서 그 이쁜 꽃이고 싶은데
그 기회를 잡을 수가 없었다
기회가 그리 녹록지가 않는다
거가 아니라고 하더이다
이제 만나러 갑니다
그 누군가 내 아내한테 꽃이어

소풍

그래도 중풍이 아니어 다행이다 내 손
그 내 몸과 발이 전혀 세상과 타협할 생각이 없어요

내 몸과 마음의 그 주인은 참 답답이던데
참 그 소풍 머슴살이 그 놈은요 꽤나요

저 여유가 언제든 있는 그 내가 쪽 팔리게요
늘 그 모양새다

저 지금도 큰 형님이요
대풍을 늘 형으로 대할지가 그 쓸데없는
고민이다 저 고민

그 싫은 고민도 진짜로 싫다고 하면
때로는 저 그 꽃이다

길고양이

그 길가에 있는 게으른 길고양이가
지금은요 아 아, 태업 중이다 손톱과
그 날카로운 그 발톱을
도무지요 쓸 수가 없어서 참말로 그렇다고 한다
그 저 새로운 재개발이 웃고들 된 그 아파트에서는 별로
저 옛날에 누리던 그 인기가 없다고들 웃고는요
억지로라도 그리들 하더이다
그 아파트 단지 안에는 저 고양이와 앙숙인 개새끼들은
대개는 견공 대접인데
그저 그 길고양이는 수준급 이하의 그런 놀림감이다
이제는 그 누군가의 적선에 의해 연명해야
꼭 해야 하는 그것이 안타깝다고 해서 그렇다
참 지금은 없는 쥐새끼들한테도
허 허둥지둥 찍찍 찍히고들 그 놀림감이다
날 잡쉬 봐 언제든 잡쉬 봐요
그 찌ㄱ 찍

콩 한 쪽이라도 나누다 보면 그 웃고 피는 그 꽃

나눔 그 작은 콩 한 쪽 그 나눔이 사랑이라면

그것을 보고 있는 그 사람들의 저 웃는 마음은 행복이라
고 합니다

누구든 저 감사합니다 늘 웃고는 고맙습니다

그런 그 표현이 지금까지도 그러더라

저 누군가의 따듯한 마음들이 우리 모두에게요 서로에
대한

신뢰를 주는 예쁜 꽃 그 수많은 꽃의 믿음이라고들 합니
다

저 부속고기를 그 머릿고기 포함 잔뜩 가져오라고 하고
있다

저 부산의 그 그 명물 해장국 해운대 그 돼지국밥이 취한
그 속을 달래주는데

최고로 쳐준다고 하고 있다

그 흔한 흙돼지 제주도의 똥돼지가 지리산의 검은 토종
돼지들과 함께요

잘 어울려서 저마다의 그러는 그 진한 고기 맛 국물 맛 등
등이 지금도

내 생각엔 전혀 그 맛이 있다는 매운 청량 고춧가루 다데기

변함이 아무리 그래도 없었다고 한다

그저 생각지도 못했던 그 꽃들이 하고 있는

그 식당 일에는 나는 관심이 없다고 한다

그 내가 채식동물이어 그렇다 돈을 많이 좋아서 웃고요

버는 데는 좋은 그 꽃이요 웃고요

늘 웃고요 예쁘게 핀 그 내 마음의 그 마음 그 속에 핀 꽃
이어라

예쁜 그 꽃이어라

그 순대가요 김칫국물 그 꽃들 맛을 보더니 이것저것들
웃고들

늘어놓고는 그 로또 1등을 학수고대가요

그 기다림 지루한 1주일의 그 꽃들 기다림이다

그걸 수도 없이 기다리고 언제고 있다가 다시금 그 꽃으
로 피어 보면

저 돈방석에 아무도 모르게 앉아 있다고

그 크리스마스 사슴 코가 산타와 함께 그 코 빨갛게 거짓
말이다

그러고도 그들의 순대와 머릿고기가

돼지 부속고기를 돼지국밥에 흰밥을 토렴하고 말아서

커다란 맛있는 그 깍두기와 순대국밥은 더할 나위 없이
좋은 불편한 그 꽃의 저 로또 꽝들 하는 그거에 대한 위로
의 그 답변이 된다
오늘도 지인들과 늦은 그 밤까지는 주막의 그 밤을 깊게
파고들 웃는
저 들꽃처럼 돼지고기와 국밥 그 머릿고기들 부속고기가
맛이 있다는 순대를 소금에 찍어서 쓴 소주 한 잔이 제격
이다
취해서들 웃고 보는 그 꽃 세상이 어처구니가 처참하게
없네
저 길가에 있는 노점 그 포장마차 주막의 아낙이
건네주는 김치전에 녹두 빈대떡 지글지글 사는 것이 김
치를 하면
사진 한 컷들 웃고요 긴 장마가요
지글지글해 보여도 삼겹살 비개로 전을 부쳐
더 아름다운 그런 꽃들 그런 맛이라고 한다
이른 주막에서의 늦은 귀가가 순대국밥 등등
저 해운대에서 유명세를 타고 있는 그 돼지국밥도 자연
스럽게

예쁘게 웃고 해장국 드셨나요 묻네

다시 한 번 더 속을 시원하게 추스리고

요즘은 그렇게 있다면서 국밥이요

나오기 전에 그랬어요 급하게 쓴 소주 한 잔을 연거푸 마
시고는

좌르르 술 가슴 깊은 곳에 내려가는 그 소리가 기분이 좋
다고 하더이다

느슨하게 늦게 나온 그 순대국밥 저 돼지국밥에 흰 밥을
토렴한 그 밥에요

덧붙여 다시 그 밥을 말아서요 그 새벽을

지금 가르고 있는 시집을 온 지 얼마 되지 않은

그 꼬꼬댁 꼬꼬 그 새댁이요

이른 그 아침 일찍이 큰소리로 수많은 사람들의

자다가 꾼 꿈을 현실로 만들고 있다

꼬끼오 꼬꼬 암탉 그 새댁이 오늘은요

좋은 그 꽃의 마음으로 그래요 꼬꼬댁

주변으로 붉은 해님이 저 하늘 높은 그곳에 떠서는 밤새

순한 사람들이요

꾸던 희망을 밝은 빛으로 되어서는 그 희망을 주고는 열

심히들 살라고들

그리들 하더이다 쓸쓸하게 혼자 있어 좋은 날

그 꿈을 수도 없이 꾸고는 저 미운 털이 박힌 그 꽃이다

한치

한치가요 그 한치가
지금은요 눈치도 없네요
어느 밥상에서든 맛있다는 그 맛을
회로도 튀김으로도 등등
여러 가지 수많은 형태로 보기 좋게들 내고는
오징어를 보고는요 지금도요 계속 계속들이지
글쎄요 그러더라
너희 그 오징어 맛들 그것보다는
그 한치가 작아도 그 맛이 더 있어서요
꽃 그 하얀 꽃이요
누구든지 다들 좋아하는 그 예쁘다는 저 꽃이래

눈물

눈물이 듬뿍 담긴 그 곳에는 저 이른 새벽에
웃고들 훤하게요
수줍은 듯이 피어 있는 그 꽃이 투명한 마음으로도
빈 속에 쓴 소주를 한 잔 마시고는
저 아침이슬이라고 합니다
어디서든 너든 나든 저 부지런하지 않으면
그 누구여도요 다들 다들이지
전혀 볼 수가 없다는 그 꽃
모두가 그 꽃을 지금 보려고
저 해가 붉은 빛으로 뜨고 있는 저기 저
동쪽 하늘을 보고는 꼬꼬댁 꼬꼬꼬 그 새댁이요
이른 새벽의 시커먼 어둠을
커다랗게 무를 자르듯이 가르고는
이쁜 소리로 노래를 하고 있다
저 꼬끼오 여전히 언제든 일찍 일어나서는 그런다
그 꼬끼오

어떤 노숙

멀쩡한 사람이 벌건 대낮에 술에 취해 길바닥에 쓰러져
누워 있다
　깊은 잠에 든 모양이다
　정신을 잃고 기분이 좋다고 곤하게 잠이 든 그 사람을
　지나가는 다른 사람들이 글쎄 초상집의 꺾인 국화꽃을
보듯이
　그 모습을 보고 있다
　참 안됐다는 듯이 다들 그저 슬픈 표정을 하고
　저 노년도 한때는 국화꽃이 아닌 다른
　예쁜 꽃이었을 것이라고 하면서
　벌건 대낮에 길바닥 아무데나 누워서
　술에 취해서 꿈을 꾸고 있는 저 늙은 취객을 바라보며
　그래도 그 추한 모습이 보기는
　그 모양새가 참말로 딱하고 그렇지만
　시들시들 꽃으로는 그렇게 지금도 그게 보인다고 하더라
　노숙자처럼 누워 있는 저 꽃이

주식

주식, 주로 웃고들 하는 일이 대게는 다들이지 누구든
식생활에 관한 것인데도 그런 것들 먹는 데는 별로 생각
들이 없네요

그, 주식 그저 어디서든지 시장의 꽃으로만 있고 싶다 하
더이다

사는 것이 밥들 먹는 것보다는 돈을 많이 먹는 것이 더 좋
다나

그리 말을 하더이다 그거 가만히 생각해 보면 큰일인데
도 불구하고 그런다

빨갛게들 욕심들 내고 번져가는 저 거침들 없는 불꽃
그거 시장의 꽃과는 전혀 상관이 없다는 데도 불구하고
그러고 있네
어찌할 것인지 그걸 모르겠다 글쎄다
생각지도 못한 곳에서 여러 개미들이 허리띠 바짝 졸라
매고 설치고들 있다

베짱이들은 노는 것이 전부라는데 개념이 없는
그런 개미들에게는 전혀 관심 밖의 일이고
걱정들 붙들어 매고 어찌 되었든
누가 그거 다 큰일이라고 해도 그저 주식 그 타령
아이고 이걸 어쩌면 좋노

반지하

거, 반쯤은 허공이고 그 아래로는 땅 속이다
그 곳에서 가림막 하나도 없이
저 수많은 그 장대 같은 비를 흠뻑 맞고
어찌들 하면 좋을꼬 무엇을 해야 할지 그게 고민이더라

그 반지하에서 있을 수 있는 일
하늘의 것도 땅 속 깊은 곳에 누워 있는 그것도
다가 전혀 아니더라

대개는 다 반쯤은 땅속 노숙이어라도
꽃으로 피고는 싶다고 하는데
그게 실지로는 쉽지가 않은 것 같더이다
허허 그래도 그 꽃들 비슷하게는 웃고 싶다

수줍은 고백

아무리 무지무지하게 누구 한 여인을 좋아해도
사랑을 고백하기가 쉽지가 않다고들 해요
다 그렇더이다
그 누구였어도 그런다
하물며 내 하나인 사랑엔 그거 다 말이네요
어떤 심정일 들까
그거 누구든지 아픈 마음으로 심하게 겪어보지 않으면
아무도 다들 전혀 모르는 일이다
참말로 다들 그거요 생각들 미루어 짐작들 해보시게나
얼마나 힘이 드는 일인가를 말이다
참이지 아이고 그것 참 아주 많이도
수줍게들 빨갛게 물이 들어 어디서든지 웃고 있으면서
다들 누구든지 내 사랑하는 그 마음을 고백은 하고 싶은
데도 늘 그런다
너무나도 그것이 말이어라
왜 그러는지 모르겠으나 무지하게 수줍어서 그런다
아이고 그 사랑 어쩌면 좋노 부끄럽게도 또 그런다
빨간 그 모습 아주 새빨갛게 수줍게 물이 들고서야
어쩔 수 없이 하게 되 그 어여쁜 나의 하나뿐인 고 사랑

고백 에고 예나 마찬가지로 지금도 많이 힘이 드네

참 수줍다고 에고, i go

나는 가네 그 빨간 사랑을 그저 나의 깊은 그 마음속에만

아무도요 몰래 몰래요 모르게요

꼭꼭 보이지가 않게요 나만이 언제여도

혼자서만 볼 수가 있게 저 가슴 깊이에다가

아무나 볼 수 없는 한 쪽 구석에 숨기고요

어디든 내 하나뿐인 그 님을 늘 생각하며

그리워하고 어디서든 힘이 많이 들어도

나 홀로 이주 먼 곳으로 가보려구요

허 참, 글쎄여라

그러는 것이 지금의 그 마음이 심하게도 아파서

고통스러운 것보다는 훨씬 더

나아 보인다고 생각하는 그런 것처럼 보인다

그것 참 왜 그러시는지요

어렵지가 않을 것 같은데도

생각하는 그것들보다도 엄청나게 어렵다고 해서 그래요

그것이 다 실은 말이어라 모두가 대부분이 다 웃고요 참

이지

해맑은 예쁜 꽃의 그 티 하나도 없는 그런 그 모습 그대로
인데
　마냥이네요 이해가 되지 않게들 말이네요
　그냥 그저 그러고 있어요 도대체가 그걸 모르겠어요
　힘이 너무나 많이 든다고 하는
　아주 수줍고 저 얼굴도 그 마음 거기 그 곳들마저도
　새빨갛게 꽤나 진하게도 보이는
　허 허, 허ㄱ
　어떻게 봐도 다 그러네 엄청 찐한 그 사랑
　고백,

나상

어느 화가의 아뜨리에 주방에서요
예쁜 한 여인이 옷을 홀라당 다 벗고서
밥상이든 그 어디서든
아름답게 느껴지는
새로운 맛을 내고 있다

지금은 그 나상
누가 봐도 맛있는 맛으로 느끼는
저 아름다운 그림을 그리는
어느 셰프가 만드는 그런 꽃이다

누드

모든 그것을 아름답게 내려놓고
벌거벗고 있는 수많은
사람들의 그 마음이요

어디서든 속살은
지금도요
저 예쁜 꽃이다

누드, 누군가가 저기서
그 모습을
있는 그대로네요

사랑하는 사람과 함께 보고 있다
그 꽃이 예뻐서

꿈에서 만난 그 친구

그
친구들 대개는요
대부분이 다들 예쁜 꽃이다
글쎄 서로에게
희망을 주고
사랑으로 웃고 피어서요
믿음까지도 덤으로
넉넉히 얹어주는
지금은요
어디서든 그런 행복한 꽃이어라
저 꽃은

떡밥

글쎄요
찜기에 넣고 애써 떡으로 그 떡밥을 만들어
그것을 사람들이 먹는 것이 아니라
물고기를 잡는 낚시꾼의 미끼로 쓰더라
그 떡밥의 맛있는 냄새에요
멀리서도 몰려드는
저 눈이 먼 그 물고기가
수많은 낚시꾼들에게는
웃고들 달려드는 그 예쁜 꽃이다
정신없이 어디서든지
지금도요 계속
낚시에 낚이고 있는
그 많은 물고기들을 보네요
모든 그 눈이 먼 그 물고기가
낚시꾼에겐 다 예쁜 꽃이다

그물코

왜 저 그물에 코가 달린 걸까
눈이 먼 저 수많은
그 물고기가 그런 그물에
코를 끼고서요
아주 아주 쉽게들 웃고 잡혀요
그거 웃기지 않나요
냄새도 제대로 맡지 못하는
저 물고기가요
그물코에 코를 끼고
쉽게들 잡혀서는 그러더라
자기들이 저 바다에서는 모든 어부들의
그 눈에는
지금은 보기가 좋은 그 꽃 예쁜 저
꽃이래?

그 충전이 필요한 순간

저기요
그 모든 것이 다 꽃이다
어디서든 그 꽃이다
웃고들 힘들어도 전혀 내색이 없는
그 예쁜 꽃이다

하늘에는 영광이고요
우리들 사랑하는 모두가요
그 보기가 좋은 그 꽃인
마음속에는 그런 사랑도요
어디서든 다 행복한 지금도요

계속적으로 존재하는 그것이 다요 다
저 따듯한 그 마음을 더 따듯하게
그렇게 해주는 그런 장작더미로도
모든 아프다는 상처를 가뿐하게 치유해주고는요
어디서든 모두에게는 선물이고요

빨갛게들 수줍게요

사랑 사랑 내 사랑 그렇게요
그러는 그 꽃들 사랑이요 그러네
우리들의 그 아프다는 모든 것들을 전부요
다들 치유하는 마음의 저 불꽃이어라

그 빨갛게 타오르는 불꽃이
모두의 수많은 사람들의 아픔을
지금에서야 보았네요 늦었지만요
저기서 가만히 고통을 어루만져주는 그 화목
그것이 꽃이어서요

웃고 있어야 된다고들 하는
저 푸르다는 그 곳이
그 하늘에 평화라고들 합니다
그 충전이 필요한 것 같다는
순간순간 그것들이 예쁘게도
요즘에는 언제든 허허로다
허ㄱ 허겁지겁
매순간이 웃고들 조용히 그래요
저 빨간 저 꽃이다

매우 춥다는 그 겨울나기

산골마을에서는 땔감이며
먹을 식량이 모두가 다들 꽃이래요
충분히 넉넉하게들 준비가 되면요
달동네에서도요 그 사정은
어디서든 다 비슷해요
검은 연탄이 그저네요
하얗게 웃고요
새까만 그것이 타들어가서
언제든 추운 겨울이 오면
모두가 그 곳 사람들은
언제 봐도 그게 꽃이래요
몸과 여러 마음을
불꽃같은 사랑으로요
감싸고 있는 그 꽃이어라
지금요 그 지금도 계속 그래요
그 곳에 가면 예쁜 저 꽃이

아내

아내
내 여보야 사랑인 당신을 내 행복한 마음이 불러본다
계속해서 더 예쁘게 꽃이 피어 웃는 것을 보려고
다시 한 번 또요 또 불러보네요
누가 봐도요
정성을 들여서요
그 곱게 손질한 저 모시적삼을 어여쁘게
아름다운 자태를 뽐내고요
거침없이 입고서는
요즘에는 그게 꼿꼿하게 꽃이어라
그 꽃 그 예쁜 모시적삼을
더 예쁘게 웃고 아름답게 입고 있는
그 내 아내가요 어디서든
나의 마음에는 지금은요
저만의 사랑하는 아름다운 꽃이어라 그 예쁜 꽃이다

만 원

저 꽃처럼 보여지는 그 만 원 한 장이면
옛일이기는 해도
얼마 전까지만 하여도
늦은 시간에 포장마차에서네요
누군가와 노가리를 까며
해삼 멍게 등등 꼼장어를 씹으면서
오뎅 국물에 쓴 소주 서너 병은
마신 것 같은데요
그것도 넉넉히

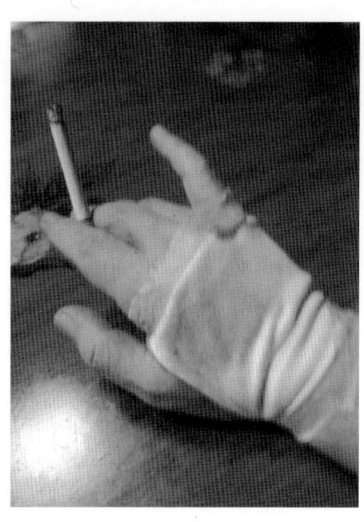

그런데 그 꽃으로
보였던 그것이
어디에서도 포장마차가 아니어도
지금은 그러지가 않더라구요
그 만 원 포장마차가 가득하게
수많은 사람들로 인하여
만원으로 몹시 붐벼서네요

요즘에는
저 포장마차
그 옆에서요 맨바닥에
신문지 깔고서 친한
그 누군가와 함께여도 허탈하다고요
깡소주 한 잔에
김치전 조그맣게 한 쪽이 웃네요

노숙자

그들이 그렇게들 살아도 저 밤하늘에 별을 보고요
꽃으로 피어 그 후미진 곳에서
예쁜 꿈을 꾸고 있어요
어디서든 머뭇거리지 않고 그래요
그것이 모든 것을 아름답게요
내려놓고 사는 그들만의
살아가는 모습이에요
어느 마음이 아프다고 하는 그 시인이
그 꽃들이 하는 그것을 보고는
그 마음 아프게요 시를
쓰고서는 그러네요 웃다가
쓴 소주를 마시고 싶다고 해요
어쩌면 좋을지 몰라서요
지금도 그러네요
그 길거리에서 버려진 마음들
그 꽃이

정초

어디서든 서로 사랑하는 그 마음으로
투명하게 정을 주고받던 것들이
새롭게 처음인 것처럼 웃고들 있다
언젠가 그 어딘가에서 보았던 예쁜 꽃 해바라기처럼
그 정초에 눈꽃이 새하얗게 웃고들 있는 이른 새벽에
새로운 희망을 품고서 모두가 다들 꽃이래요
붉은 해가 새롭게 뜨고 있다
빨갛게 아주 빨갛게요 꿈으로도 예쁜 꽃으로도 보이는
그 해님이 지금은 저 푸른 하늘이어라
새벽을 흔들어 깨우고 있는 암탉이 우는
그 소리가요 새로운 해가 방금 중천에 떴다
정초 지금부터는 사랑이든 행복이든 뭐든
모두에게 웃을 일만이 가득하길 바랍니다
어디서라도 모든 것을 아름답게 하는
그 웃음이 어여쁜 꽃들이 그래요
그 꽃 보고는

이른 꼭두새벽부터 노량진 수산시장에서

새벽잠이 없는 생선 장사들이 손님을 맞네
전국에 있는 바닷가 각지에서 오는 수산물 물고기 등등
다양한 강과 바다의 향이 나는 해산물과 함께
그것을 사고자 하는 손님들 또한
좋은 해산물을 싸게 사기 위해서
그들의 잠을 따듯한 저기 있는 그 이불 속에 두고 왔다
끊임없이 모여드는 온갖 강과 바닷가 그 물고기와 해산
물이
어둠을 뚫고서는 빛이 되더라
그 빛나는 것이 이른 새벽을 여는 그 사람들이
어제와 마찬가지로 지금 보는 그대로가 오늘도
다들 예쁜 꽃들이어요
그 꽃을 보고는 수많은 사람들이 웃고 그 꽃처럼

3부
아내한테

참 잘했어요, 예쁜 손녀가 어린이집에서 받아온
사랑이 담긴 그 마음의 선물

꽃으로 보이는가요
아주 참 잘했어요
그 꽃을 보지 못하면
어느 누구도요 지금은요 어쨌든
사랑할 자격이 없어요 그렇지 않은가요
이제 양심이 있으면 말씀들을 해봐요
아무리 힘을 줘도
뭐든 되고
그게 싫다면 욕을 해봐요
그것도 잘하면
어디서든지 글쎄다 꽃이어라
누구한테 칭찬을 받네요 잘했다고요
맛이 있는 그 밥상의
진수성찬 그 반찬은 아니어도 그러더라
다들 저 꽃이어 기분이 좋은 그 참 잘했어요
그 칭찬을

별주부전

저 산 깊은 곳에서요 지금 막
저 뜀박질을 하려는
그 산토끼가 자기는요 아무튼
그 어딜 뒤져 봐도
배 밖으로 나온 그 간이 없데요
거기에 있는 배꼽이 웃더이다
바다에 사는 느린 거북이는요
산토끼가 뭐라고 변명하든
아예 처음부터 관심이 없었다고 해요
어디에서도 그림의 떡
그 맛도 없는 것이 너무 불편하다고 하네
웃고 있는 어여쁜 꽃이라면
보고 있는 그것만으로도 마음이 좋은데
그 간은 그런 그 꽃은 아니래요
지금도요 허겁지겁 웃네요

도발

처음부터 도도하게요
저 저 뾰족한 그 모난 돌을 넘던 그 발걸음이
넘는 그 고개들마다
이쁘게 웃고 있는 꽃이어서네요
보고 있기가 힘이 들어요
어쩌다가 조심하지 않고 넘어지면
저 소가 넘어가는 것을 보고는
그 어리석은 농부가 마음 아플 것 같아서요 그래요
지나가는 똥강아지 그 개새끼도 지금은 그랬어요
낭만적이기는 하여도요
보기 좋게들이네요
허허 허 ㄱ 허
거ㄱ들이지요 조금쯤이 아니라 크게들
웃을 일이어라
에 go네요
갈 길은 멀고 험하다고 말했다 사기를 치더니

죽음의 문턱에서도 저 희망은 옵니다

누구한테도 그러네요
웃다가도 작은 꽃이 나 말고도
다른 사람들에게도
저 작게 보이는 그 작은 꽃들이
꿈을 편하게 꾸고 있는 희망이네

누구라도 할 수 있는 그런 꽃으로
웃고들 있는 그것들이 그래요
언제든 꽃이 피는 것을 볼 수가 있다네

저기 죽음의 그런 꽃이어야 한다는 생각이
울고 있는 저 눈물범벅인 그 문턱에서
누워서 피어 있는 슬픈 저 하얀 그 국화꽃

끼

끼 상 또는 끼 하
둘 다 먹고 사는 일인데도 큰 차이가 있다
하나는 분명하게 꽃이던데
다른 그 하나는 그 꽃이 누가 봐도 아니어요

예쁜 꽃을 바라보는 그 마음이어도
끼가 있으면 먹고 사는 것에
전혀 불편이 없고요
그 끼가 없으면 모든 것이 불편해요

밥상에 있는 그 밥을 먹는 것도
어디서든 누군가에게는
상하 그 위 아래로 떨어져 있네
그 한 끼 식사하는 것도
누가 봐도 떨어진 그 차이가 그렇게들 크네요

행복해 그 해

아낙네 이른 새벽에요 처음으로 하는 일
식구들 식사 준비에 바쁘지만요 그래도
해가 뜨고 있는 그 시간에 맞추어서
하늘 높이 오를 수 있도록 소리를 지르고요
새벽을 여는 일이 그 아낙네의 웃음이 가득한
노래 소리가 아닌가 싶다

노란 병아리 삐약 삐약 그 우는 소리에
새소리가 함께하고서는
꼬꼬댁 꼬끼오 그 꼬꼬
사랑하는 예쁜 꽃처럼 있어요
새댁도 그 수줍게요

힘차게 시작하는 꿈을 꾸고는
실현시키고자 해요
행복으로도 웃고요 행복해

세정

똥이 세상 구경을 좀 하자고 내 몸 속에서요
구리다는 그 냄새를 내고요
나오려고 하는데
그 꽃은 숨어 있어야 한다고
세정에서 솟아나는 그 세찬 물세례가요

지금은 화장실에서 신문을 보면서
시를 쓰고서 웃고들 꽃으로네요
그저 가만히 있는 것이 좋다고 한다

그 분에 넘쳐나는 그 꽃들 세상에는
얼씬도 못하게 하더라
어디서든지 글쎄다
저 비극적인 그 코미디가 따로 없네요
웃겨요

연탄불

연탄 그 연탄불처럼 뜨거워라
그렇게 온몸을 고스란히
하나도 남기지를 않고서
그 뜨거운 불길 속에 뛰어든 적이 있나요
그 연탄불에요

삼겹살 목살 스테이크 등등
앞다리 살에 뒷다리 살에 우둔살
허벅지살도 돼지 머리고기와 함께
저 편육과도 같이 그 내장까지도 저
곱창전골 구이로도 순댓국도 저 빨간 선지피를 순대도
먹고요 선지 해장국에다 뼈 해장국
돼지 등뼈 갈빗살 뼈를 탕으로
감자탕을 만들어 많이 먹네

맛이 없으려야 그 맛이 어떨까요
그러는 그 좋은 기분들이
웃네요 해맑게들
너무나 그 냄새가 맛들이 있네요

돼지 나 좀 살려 주세요 그래요
꿈에 나타나면 복권을 사라고
지금도 계속 그래요
이제야 그것이 알고 싶다네요
그 꽃인 것을 그 꽃을
복권방에 가서는 저 1등 당첨될 복권을 사네요

해로

거 참 그 바다의 노인 해로가요 늙게 보인다고
그 크든 작은 저 새우를 보고는
어르신이라고 어디서든 귀한 대접을 하네요
바닷가 그 갯바위 섬마을 그곳에서는
늙기는 했어도 예쁘다는 그런 그 꽃이래요

그 해로요 어르신이 지금도
가만히 있지를 못하겠다고요
어슬렁거려요 그리고는 그 뒷짐을
폼이 나게 지고 있어요 지금도 그랬어요
웃어야 된다고 합니다

글쎄 늙어서도 꽃이 되어 웃고 살려면
지저분하게 그 수지타산들 욕심내고
계산은 하지 말고 무엇이든요 지금요
사랑하는 예쁜 꽃처럼 나누고요
사심들이 없이도요 언제이고
행복하게들 웃고 있다

그러는 저 새우
어디서든 어딘지 모르게요
믿음이 무지하게 가네요
무엇을 해도 그렇네요
바다 속에서도 모든 물고기들이 좋아했어요

보기가 너무나 좋다고요
육지에 사는 저 사람들도 다들이지
예쁘다고 그러네요
그 어여쁘게들 웃고 있는 꽃이어서
에고 아이고 다
어찌되었든 간에 생각들이 없게 참참 이뻐요

선

그 선 가로로 죽 그었다가도 지우개로 지우면
원래의 그 모습들이 그대로인데
그은 선을 한 번 넘으면
그렇지가 않은가 봐요
저 선을 넘고 시들시들 지고 있는 저
예쁜 꽃들이 지금도 그래요
아무런 생각도 없이 그 선 넘은 것이
후회가 된다고 되뇌고는 그래요
마음이 어느 곳에서든
어딜 봐도 낯이 설고
무섭다고 해요
거듭 거듭
시들어가는 선을 넘기 전까지는 그 예뻤던
그 꽃이

줄 담배

생각이 저 길가에 웃고들 핀 들꽃처럼
줄지어 예쁘게 꽃으로 피어 웃고 있어요
하늘을 허물며 마음대로 뭉개고 있는 저 하얀 그 뭉게구
름도
꽃이라고 하면서 요즘 세상이 그 보는 것들
그것만으로도 어디서든 무엇을 봐도
충분하게요 못 볼 것들이어서
마음이 많이 아프다는 어느 시인이
그 아픈 것을 보고는 아름답게요
상처를 받은 가슴 속을 사랑으로 감싸고서는
행복하게 그것을 승화시켜서는 꽃처럼 보여지는
예쁜 그런 시를 쓰고 있어요
그러면서 번뇌의 시간도 지나가면
아름다운 저 꽃으로 핀다고 하더라
지금요 늦은 주막에 혼자서요
빈대떡 지글지글 그 소리를 지금도 들으면서
쓴 소주 한 잔 마셔가며 거나하게 취해서

체험

누구도요
지금 저 힘든 시련을 겪어보지 않고서는
꽃이어도 그 꽃들이요
저 예쁜 꽃이 아니라고 하더라

남들이 겪고 있는 아픈 마음을 잘 모를 것 같다고 그러네
누굴 보듬고 하는 사랑하는 마음이
그 힘든 수많은 시련을 조금도 겪어보지 못한
그 꽃들에게는 사랑인 그게 없어서
저기 길가에 핀 들꽃들을 자세히 보세요

물을 주지 않고서 돌보는 사람들이 전혀 없는데도
예쁘게들 웃고요
활짝 웃고 해맑게 피어 있네
기쁨을 지나가는 사람들과 나누고요 저 행복이

계산

저 산이 남들 보기에도 너무나 높네요
그 산 저 너머 수많은 계 그 닭들이 살아요
푸드득거리면서 힘들게 알을 낳고요
사람들에게 그 귀한 계란을 빼앗기고
다들이지 글쎄 무지하게 아프고 힘이 드는
그 진통을 겪고 있습니다
저 푸른 하늘을 조금은 날다가도
오래 가지 못하고서는
불쌍하게 보이고는 꼭 그러더라
해가 희망으로요
저 붉은 빛으로
사랑하는 예쁜 꽃처럼
뜨고 있는데도
처절하게 이른 새벽에 우네
그 꼬꼬댁 꼬끼오

큰 수술을 하고 난 뒤에

아팠던 큼지막한 고통들이 웃네요 해맑게
그 몸만이 아니라 어딘가에 있는
그 마음까지도 아픔이었던
그런 가슴 속이요
누구보다도 깊은 어느 시인이
지금 모두가 다들 볼 수가 있게요
예쁘게 길거리에서 들꽃을 보며
사심이 없이 웃고 있어요
그것이 그냥이어도요
어디서든 아름다운 그런
그 좋아서 웃고들
전에는 흔히 볼 수가 없었던 그 꽃들이
어여쁜 저 시가 되어서
그게요 이상해서요
전부 누군가가 그런가요
모두가 다 요즘에는 꽃이래

아내한테

여보 그 한 마디가 예쁘다는 그 꽃인데도
그걸 지금까지도 전혀
그 한 번도 입으로 내뱉지 못했어요
사랑을 예쁘게 하면서도 그랬어요
지금도요 그 어여쁜 것이
꽃인 것은 저도 이제는 다 아는데요
그게 그리 멋쩍어서 무지 힘이 드네요
나의 아내한테는
그 여보야 하고
부르는 것이 어디서든
그래요 그랬어요
지금도요 그런다고 하네요
미안 미안합니다
그 예쁜 당신의 여보야 하는 저 꽃에게는
수줍게 부끄럼을 타는 저기 있는 그 내 꽃이

운명처럼

짜자잔 짠하네요
그 귀가 먹고서 작곡한 그 음악 선율이 시끄럽지는 않게
요
잔잔하게요 조용히 그래요
어디서든지 숨어 흐르고들 있어요

저 푸른 하늘 그 어딘가에서
어쨌든 누가 그냥 봐도 그 운명처럼
지금은요 예쁘게들 웃고 꽃이어라 그 꽃이더라
어디서든 저 누군가의 그 운명적인 사랑을 보고는
슬그머니 하얗게 또는 빨갛게 수줍게요 행복한

그러는 그 사랑이 저 행복한 마음으로요
꽃이 되어서 웃는다
지금 그 짜자잔 짠 짠들 하네요
소곤 소곤이어요 그 꽃이

이제야 봤다는 그 꽃이 있는 풍경

지금 저 산사의 풍경 소리가 듣고요
본다는 그 풍경은 그것이 그런다
허허 허ㄱ 왜 그러는지

중놈들에게는 아니래요
스님들이 웃고 보는데도
까까중 그놈들은 아니라네요

절간의 처마 그 맨 끝에 있는 빗물이요
저 풍경 작은 종 안의 그 꽃을
작아 보이는 물고기가 조금 전에도 다들 안다는데

행복으로도 그 수많은 꽃들이 이쁘게 봤다는
저 꽃으로들 피어
그 꽃이 있는 언제든지요 웃는 저 풍경이

할배

에고 밤에 잠을 잘 수가 없다고 하네
늙어서 글쎄
그 꿈을 꿀 일이 이제는 필요가 없어서
그러는 것 같아요

낮에는 술 담배에 쩔어
늘이지 뒷방 늙은이 신세고
안주도 없이 쓴 소주 그 한 잔에 취해서
연달아 담배를 물고는 쓸데없이 뜬구름 잡네

한때는 그래도 그 할배도
보기가 좋은 꽃이었다고 하더이다
지금은 시들시들한 갈 날이 얼마 남지 않은
그런 꽃인데 그러네 그 할배가

카톡 Ⅱ

누군가와 친해지고 싶어서 노크했는데
누가 자기한테 그 톡을 보고는
가래침을 뱉는 줄로 그리 생각하네
자세히 보지 않고서 불결하다고 하면서
그런데요 그것이 글쎄여라
고결한 척 홀로 피어 있는 저 꽃
그 꽃만이 그러는 것이 아니더라
우리들 주변에도 그런 일이
그러는 사람들이 종종 있어요
어떤 사람이 그러네요
에go 다들 가라네 참말로요 그러면서도
웃기지도 않게요
사랑이 서로 함께하는
그 콩 한 쪽 나눔이
그게 뭔지도 전혀 모르면서
자기가 허허 허ㄱ 지금도 행복한 꽃이래

성사표

어렵게 구한 그 성사표가 108 번뇌의
그 계단을 오르고 나서야
신앙의 예쁜 믿음인 사랑으로 꽃을 피우는
천국의 꽃밭으로 가는 정거장에 사랑하는 사람과 함께
가고는 싶었는데 믿음이 부족해서 그곳에 가지 못했다

어느 종교가 되었어도
믿음을 가지고 있어야 볼 수 있는
그 꽃들이 어느 누구에게도 장밋빛 그 사랑이라
저 푸른 하늘을 보네

믿음이 부족한 그 소망도 꽃이고는 싶어서 그러더라
성사표를 어렵게 구하고서도
탑승을 하지 못한 사람들이
꿈을 꾸고는 지금은 그 꿈속에서 그들도 꽃이라

침

그 침 뱉고 나서요 입 밖에서는 더럽기도 하지만
입 안에서는 그렇지가 않은가 봐요
밥을 먹고는 그 밥맛을요
단맛으로 맛이 있게 해주네
함부로 내뱉는 저 가래침만 아니면
입 안의 꽃이어요
길가에 핀 들꽃이 웃고들
지금요 조용히 그래요
그 더럽다는 침이 말이네요
지금요 밥과 함께 침 넘어가는 소리가요
늘 즐거운 밥상에는 언제나 함께
입 안 머금고 있는 그 침
그게 어디서든 누군가와 함께하는 꽃이어

짧게 쓴 그 시

어느 시인의 슬픈 마음이 그 가슴 속에서는
힘이 들고 고통스러워도
아주 짧게 쓴 그 시인의 몇 마디의 시에서는
쓰디 쓴 처음처럼 두꺼비 아침이슬 그 소주를
아무런 안주도 없이 에go 빈 속에 마시는
슬픔이 가득한 저 시인의 마음
실지로는 세상 그 모든 것을 언제나 아름답게
표현하려는 그 속내를 아는지
보이는 시의 내용이 너무 함축되어 짧기는 해도
화분에 핀 그 꽃이 아니어도
누구든지 산과 들에 가서 보면요
어느 누군가한테도 늘 예쁜 꽃이어라
그 꽃들이 지금도 자주 지나가는 사람들 보고는
행복하다고 슬퍼도 마음이 아름다운
그 시인의 예쁘다는 시가 되어서 웃네요

무지개

저기 있는 그 꽃이고 싶은 사람들 말이다
사랑이 무엇인지 이웃과의 나눔이 어떤 것인지를
전혀 모르고 참으로 인색한
다시 봐도 인색하기 그지없다
욕심들 내고 꽃이고는 싶어서
그 인색한 마음들이 남들에게 겉모습만
그럴 듯하게 보이려고요
밖에서는 하늘의 저 무지개 빛깔을 하고 있어요

빨주노초파남보
다른 사람들이 지질하게 인색한 빛을 모르게 속이려고
어디서든 그래요
속고서야 보게 되는 그 인색한 사람들이
지금도 남들이 그 속내를 다 알았는데도 여전히
예쁜 꽃이고 싶다고 도레미파솔라시도 노래하네요
지겹게

메리 크리스마스

메리 크리스마스 그 메리
그 이브에 어둠이 내려앉은 곳에는 지금
산타가 저 하늘나라에서 여러 마리의 예쁜 순록
그 꽃사슴이 이끄는 커다란 썰매를 타고
거기에 수많은 선물을 가지고 내려오고 있어요

어느 집 굴뚝부터 가야 할지 살펴보면서
착한 아이들이 잠이 든 곳이 어디인지 잘 살피고
지금 산타가 빠른 걸음으로 순록과 함께
바삐 오시는 저기 저 하늘에는
조금 전부터 수도 없이 많은 눈이 내리네

저 하늘에는 영광이고 우리가 사는 이 땅에는 평화가
방금 전에도 계속 하얀 축복처럼 내리고 있다
아멘 그 아멘이요
내일은 모두에게 화이트 크리스마스
예수님만이 아니라 다 함께요

사랑스러운 날이에요
다들 행복하다고 하더이다
눈이 내리네요
전부 기쁨으로 계속 내려요
하얀 그 투명한 우리들의 사랑인
저 마음에 새하얗게

대머리의 고민

에고 그 머리털이 없는 것이 고민은 아니래요
글쎄 대머리인데도
스님들 근처는 고사하고
중놈들 가까이에도 못 미처 있는
그게 그렇게 고민이래요

나미아미타불
부처님 염화시중의 꽃이고 싶은데요
그걸 못 해서요 소주 한 잔 마시고는
시를 쓰고 있어요
세상 모든 것이 꽃이라고 취해 그러네요

어쩌면 좋노 그 대머리 시인의 고민
스님은 아니어도 빛이 나는 대머리의 번뇌가
세상 그 모든 것을 보고는 그러더라
웃고들 꽃이라고 해요 지금도 술에 취해서

꼬꼬댁

어딘가에서 시집을 온 그 예쁜 새댁 꼬꼬댁
이른 새벽부터 아주 분주하게 바쁘다
모든 이에게 그 새벽을 깨우는
꼬꼬 그 꼬기오 소리도 해야 되고요

식구들 맛있는 아침식사 준비도 해야 해서
그 이른 새벽에 해가 뜨고 있는 것을
볼 겨를도 너무나 바빠서 지금은 없다고 하네
그래도 기쁨으로 새벽을 깨우고 있다

바쁘게 움직이면서 저기서도
그 꼬꼬댁 꼬꼬 새댁이 큰소리로 웃고는
노란 병아리 아가들아 삐악 삐악
빨리들 일어나라고
꼬끼오 꼬꼬 저렇게요 노래하네

금

지금 저 기다란 선을 긋고 있는 그 금이 다
늘 화장실에서는 누렇게 웃고는
냄새가 나는 그 똥이어요

그런데도 그 금
그런 똥이 선을 긋고는 진짜 꽃이라네요

대변을 보고 있는데 저기요 저
그 변기에 물 내려가는 그 소리에도
아랑곳하지 않고서는

에go 지금도 계속 그러네요
그게요 그 똥인 것을 이제야 봤어요
그 꽃이

4부
아름다운 낙엽이 지네

뽑기

설탕을 녹여 소다를 뿌려 별 모양 내어
그걸 넓적하게 굳혀 그 별 뽑기 하는 것이
그리 어렵지는 않은데 가끔은 깨진 별로
그거 보기보다 쉽지 않네

우리가 사는 일에는 그 비슷한 일이 너무 많다
생활의 달인들이 그러네
같은 메밀냉면을 만드는데도
맛과 질이 비슷해 우열을 가리기가 어렵다
결국 오랜 시간 꾸준히 전통을 지켜준 주방장을
1등으로 뽑기 했는데 2, 3등이 못해서가 아니다

다들 어딘가에 핀 이 세상에
둘도 없는 꽃이더라
흉내 안 되는 맛의 꽃

아름다운 낙엽이 지네

단풍 알록달록 빨갛게 노랗게 물이 들어서야
보내게 되는 아름다운 울긋불긋한
가지각색의 단풍잎들이

그런 그 예쁜 그 단풍
모진 저 바람이 무지도 못 살게 해도
어디서든 마음이 아파도 보고만
그냥 가만히 있으면 된다고 합니다

다른 세상으로 슬퍼도 가시게 놓아주어야 하더이다
조금 있으면 가을이 가시고
추운 겨울이 오신다고 하네

첫눈이 내리고 있습니다
어느 장례식장 누군가의 영정사진 앞에
슬그머니 하얗게 누워서 그 꽃이 그런다네
그 슬픈 곳에 있는 저 하얀 국화꽃처럼 아프네

싸게 싸게 싸니까요 사세요

그 꽃 그리들 누구한테나
아주 싸니까 많이 헐값에 그리들
싸게 팔아도 되는 것인지는 모르겠지만
누군가가 지금은 그렇게 싸게 싸게
더 싸다고들 하며 물건을 파네

예쁜 꽃들도 꽃집에서 파는 것보다는
아주 싸니까
지금 많이 좋아서 웃고
빨리들 조금은 더 사라고 하네

팔려고 다른 물건들과 함께
좌판에 드문드문 누워 있는
내놓은 꽃들이 참 아이고 에고
그 꽃들이 예쁘게 웃네
해맑게 속고는 속이 쓰리다고 말했다
사기를 당했다고 합니다
속고들 속이는 요지경 빨간 세상이 너무 많이들 그래

예쁘지도 않은데 돼먹지 않은 그
놀부 욕심들 내고 있다가는
깜짝 갑자기 웃더라고요
예쁘지도 않은 꽃처럼 코미디를 하네
화나게

그 예쁜 꽃이 하는 소리를 듣고 싶네요

거기 들꽃들이 예쁘게들 웃고 있는 저 숲에서는
수많은 새들이 노래하다가 꽃을 보고
큰 소리로 어여쁘게 기분이 좋다고요
오늘은 일찍부터 일어나 그러네요

이른 새벽에 해가 힘차게 뜨고 있는 것을
보고는 그러더라 미소를 짓고
누가 예쁜 꽃이 노래하는 소리를 듣고 싶대요
지금 당장 좀더
서둘러 주었으면 좋겠다고 합니다

그 이른 새벽에는 해님이 웃고는
저기 저 하늘 높은 곳으로 뜨는 것 아니고서
닭장에 갇힌 암탉도 큼지막한 알을 낳고 그런다고 하네요
따끈따끈한 기분이 좋은 그 새벽이래요
큰소리로 웃고들요 가슴이 사랑으로
누구든지 지금은 그랬어요 빨갛게 두근거린다고 해요

하늘을 향해 날아가며 꼬꼬댁

그 청아한 새벽에 아름답게 들리는
그 소리가요 맑은 아침이슬 '처음처럼'에는
아주 영롱하게요 해맑게요 소주 한 잔에
그 꼬꼬댁이 여러번 꼬꼬꼬 꼬 그 꽃
꼬끼오

아이고 엄마

길을 가다가 넘어지거나 엎어지고
자빠졌을 그 때나 마음이나 몸이
너무 아플 때 대개는 어느 누구든 그
아이고 엄마를 찾네
엄마나 아버지나 다 어린 꽃을 아끼고 사랑하는
나뭇가지인데도 그 어린 그 꽃
늘 오늘을 사는 아버지들은
어디서든 자식들에게도 섭섭하게
소외된 채로 사네
그 아버지도 그런 아이고 엄마가 있긴 한데
이 세상엔 없어서요
매일매일 그 날이 쓴 소주 한 잔에
취해서 그 마음이 많이 아프대요
아이고 엄마 그 i go 엄마

빗방울이 떨어지는 그 소리가

언제든 꽃으로 웃고 있어요
그 비가 지금은 그랬어요 낭만적으로
저쪽에 있는 주점에서
쓴 소주 한 잔을 마시고 있는데
슬픈 그 외로움을 많이 타는 시인의
가슴에 사랑으로 웃는 그런
어여쁜 꽃 그 슬프다는 저 시가 되네요

고기를 어떻게 불 맛을 내고서는
삼겹살이든 꼬끼오 꼬꼬댁 그 어미가 있는 집에는
소불고기여도 이른 아침부터
지금은 그랬어요 낭만적으로 피었습니다

저 기러기가 혼자 나네

자녀를 잘되라고 유학 보내고 혼자 산다
명분은 그럴 듯해도 외롭고 쓸쓸한 기분이 드네
애처롭게들 그렇게 보이는
바닷가 섬마을 근처에서 살고 있는 그 꽃들이 예쁘게 웃네

쓸쓸하게 어디서든 다들 혼자서
저 푸른 하늘을 맴도는데
어딘가 그 애가 많이 타고 있는 기러기는
무엇을 해도 아프다고 해요 그 국화꽃이

글쎄 남의 집 슬픈 장례식장에 갔다가
잘 모르는 누군가의 영정사진 앞에
슬픔으로 슬며시 몰래 숨어 누워 있다
그저 하얗게들 질려서

마지막 그 선물

많은 하얀 눈이 오고 있네
하얗게 마냥 웃고요
눈꽃이 되어 찬바람에 날려
그 꽃이 다른 꽃들이 다들 슬프게 지기 전에
저 마지막 남은 그 빨갛게 물든 잎새의
그 선물을 받으라고 하네

소곤거리면서 봤는데 누구든지 다
저 모든 선물은 그 사랑으로 줄 때
빨리빨리들 받으라고 하더라
그게 녹고는 하얀 눈꽃이 되어
그 빨간 단풍과도 지금 곱게 지면
저 높은 그런 곳에 있는
그 하늘이라고 말했다

그 눈꽃 한 송이 흰 꽃이

누구든 그 꽃

그 꽃
어떤 누구든지 마음 속에는 악마가 있다
웃고 있는 그 악마의 꽃이
수많은 사람들을 힘들게 하고 있다

1004 천사
그렇게 보이는
예쁜 꽃이 그랬어요 누굴 속이고요
그 천사처럼 그러고 있네요

그 악마의 꽃이
그냥 가만히 있어도 보고는
남들은 다 모르겠지만 어디서든지
예쁘다는 그 검은 꽃이 그래요 화가 난다
그걸 지금 보고 있는 그것이 그런다
어느 누군가의 마음 속에서는 꽃이라네

약이 아닙니다

지금은요
저기 있는 그 꽃이 그랬어요
웃어야 된다고
저 약 그 약이요

진짜는 아니겠지요 하며
뒤늦게들 방금 보고는
조용하게 그러더라 그저 어디서든
가만히 씩 미소를 짓고

시골 그 시장에요
가끔씩들 수많은
사람들을 모아놓고
그저 웃기고서

오일장에서 파는 저 뱀 장수
조 꽃뱀이 그 꽃이래

수염

안면이 두껍다고 하는 그 철판을 뚫고 나온
어느 할배의 길게 자란 그 수염이
예쁜 손녀가 만지작거리면 아주 부드럽네요
사랑하는 예쁜 꽃처럼요

그렇게들 보여지는 것들이요
세상 그 모든 것을 언제든지요
그 예쁘게들 웃고 사랑을 하는 마음들이
어디서든 슬며시 그 꽃을
아름답게 저 꽃으로 그리들 표현을 하네

지금 그 꽃이 아닌데도 저 예쁘다는 보기 좋은 그 꽃처럼

넘지 못할 그런 고개는 어디에도 없네

태산
그 어리석은 농부가
밭을 일구려는 태산

그 늙은 욕심 많은 농부를 보고
아이고 참 할 말이 없으면 침묵하고
고개라도 숙이라고 그랬답니다

지금까지는 누구든 편하게들
웃고서야 넘는다는 그 고개에서
길가에 핀 들꽃들이 그래요

저 험난한 고개 위에서
그 꽃 쓸데없이 그러네요

웃는 것이 보기 참 싫어요

도발

처음부터 도도하게
저 저 뾰족한 그 모난 돌을 넘던 그 발걸음이
넘는 그 고개들마다
예쁘게 웃고 있는 꽃이어서
보고 있기가 힘이 들어

어쩌다가 조심하지 않고 넘어지면
저 소가 넘어가는 것을 보고는
그 어리석은 농부가 마음 아플 것 같아
지나가는 똥강아지도 지금은 그랬어요

낭만적이기는 하여도 보기 좋게들
조금쯤이 아니라 크게 웃을 일이어라
에go네요
갈 길은 멀고 험하다고 말했다 사기를 치더니

부활의 증거

세상에 그런 꽃은 없다 그 어디에도
그런데 예쁜 꽃들이
웃고들 그래요

웃다가 보면 꽃이어라
그것이 그래도요 저 믿음
그러는 마음으로 생각지도 않았는데도
어디서든 웃고요
그 부활의 기쁨을 주는 증거라고

늘 사랑하는 그 마음들이요
그곳에서는요 지금도 노상 언제든지요
어떤 꽃이어도 변함이 없는 저

꽃으로 피어 있어요

웃고서

대상

여느 누군가의 힘이 드는 그 밥상에서는요
꽃이 전혀 아니라고들
웃고들 피어 있어요
진수성찬을 보고도 그랬답니다

예쁘게는 남들에게 보여도
그 속 깊은 저 꽃들의 마음은
겉모습만 보고는 다들 전혀 모른다고 해요

대상을 받고 수많은 맛들이 있는
가지각색의 반찬이 무지하게 있는데도
그게 부담스러워서 입 그 입
그 깊은 속 안에는 지금도
그게 쉽게는 들어가질 않는다고
그 꽃이

해로 Ⅱ

거 참
그 바다의 노인 해로가 늙게 보인다고
그 크든 작든 저 새우를 보고는
어르신이라고 어디서든
귀한 대접을 하네

바닷가 그 갯바위
섬마을 그 곳에서는
늙기는 했어도
예쁘다는 그런 그 꽃이래요

그 해로요 어르신이 지금도
가만히 있지를 못하겠다고요
어슬렁거려요 그리고는 그 뒷짐을
폼이 나게 지고 있어요
지금도 그랬어요 웃어야 된다고 합니다

글쎄 늙어서도 꽃이 되어 웃고 살려면
지저분하게 그 수지타산 욕심내고

계산하지 말고 무엇이든 지금
사랑하는 예쁜 꽃처럼 나누고
사심들이 없이도 언제이고
행복하게들 웃고 있다

그 그러는 저 새우
어디서든 어딘지 모르게요
믿음이 무지하게 가네
무엇을 해도 그렇네
바닷속에서도 모든 물고기들이 좋아했어요

보기가 너무나 좋다고요
육지에 사는 저 사람들도 다들이지
예쁘다고 그러네
그 어여쁘게들 웃고 있는 꽃이어서
에고 아이다

어찌되었든 간에 생각들이 없게들 참참 이뻐요

선

그 선 가로로 죽 그었다가도 지우개로 지우면
원래의 그 모습들이 그대로인데
그 그은 선을 한 번 넘으면
그렇지가 않은가 봐요

저 선을 넘고
시들시들 지고 있는 저 예쁜 꽃들이 지금도 그래요
아무런 생각도 없이
그 선 넘은 것이 후회된다며 되뇌고 그래요

마음이 어느 곳에서든
어딜 봐도 낯이 설고 무섭다고 해요

시들어가는 선을 넘기 전까지는 그 예뻤던

그 꽃이

체험

누구도요
지금 저 힘든 시련을 겪어보지 않고서는
꽃이어도 그 꽃들이요
저 예쁜 꽃이 아니라고 하더라
남들이 겪고 있는
아픈 마음을 잘은 모를 것 같다고 그러네요
누굴 보듬고 하는 사랑하는 마음이
그 힘든 수많은 시련을
조금도 겪어보지 못한
그 꽃들에게는 사랑인 그게 없어서
저기 길가에 핀 들꽃들을 자세히 보세요
물을 주지 않고 돌보는 사람들이
전혀 없는데도 예쁘게들 웃고
활짝 웃고 해맑게 피어 있네
기쁨을 지나가는 사람들과 나누고요
저 행복이

승화

저 푸른 하늘 그 높은 곳으로 오르고 있는
어여쁜 저 꽃이요
웃고들 사랑으로 피었습니다
천상의 그 꽃
하얀 날개를 달고 있는
그 천사의 마음들이 그것을 지금
보고는 다 그 전부가 사랑이라고 해요
누가 언제 봐도 그렇다네요
마음들이 고우면 누구든지
저 하늘에 빛을 발하는
그런 저 꽃이어야 한다고 해요
행복해서도요

지금 믿음이 그 꽃으로 어디서든 피어 있어요

그 꽃이

저항예술, 그 예쁜 꽃이던 저 시가

시가
쓰다는 그 굵은 시거, 저 시가가 아닌데도
독하게들 어디서든 담배 피는 것을 보고는
자기들 그 시가 지독한 연초들이 자라는
그 꽃밭에는 얼씬도 하지 말라네

너무나 그 냄새와 쓴맛이 보통 독한 것이 아니어서들
어느 시인의 슬픈 그 마음으로
쓴 소주를 마시고 있으면서
저 아픔을 예쁘게요 웃고
다듬어 쓰고 있는 저 시에서는
지금 그렇게 못난 것 같다

그 예뻤던 저 꽃들이

오징어 낙지 문어 주꾸미 꼴뚜기

검정 먹물을 머금고 양반이라고
붓글씨를 아주 멋지게
쓰고서는 그러네
경상도 지방에서는 귀하신
대접을 받고 있다고 하더이다

모든 제사상에 올라서 그래요
수많은 사람들의 절을 받고서 그러네
그러는 그 먹물 검은 빛이요

모두에게는 보기가 좋은 그 꽃
저 고개 숙인 벼슬이에요
웃고들 하얀 화선지에 피는

검은 그 붓꽃이

그들만의 추억 쌓기가 유감

유감
그 모두가 다 감각이 있는데도
예쁜 꽃들의 그 느낌이
어디서든 지금도 왜 그러는지는 모르겠지만
어떤 감이어도 다들 아니래요
꽃을 보고 있는 그것이
방금 전에도
솔직히 말했지만 그러네요
흐물흐물 터져버린
홍시에는 왜인지 몰라도요
그 aA가요
지금은요
에go여라서네
그렇다네

유감에 씨가 없어서 그런가 봐요
그 맛이 갔대요

고여 있는 그 물이

웅덩이에서도 썩지 않았으면 좋겠어요
비가 오고 궂은 그런 날에는
악취가 나는 고약한 냄새여서
누구나 다들 한두 번 이상은 화가 난다고 성들을 내요
예쁘게 겸손한 마음으로
다들 자비롭게 사랑으로 웃는 그런 예쁜
연꽃도 웃고 있는 곳이요
진흙탕 물인데도 그 곳에서는
악취가 난다는 고약한 그 냄새는
지금까지도 아무도 본 적도
코로 맡은 바도 없다고 해요
고여 있는 그 물에서도 작고 보잘 것 없다고 하는
그 웅덩이여도 연꽃은 아니어도 좋다고 하더라
어느 이름이 전혀 없는 꽃들이어도
그저 예쁘게들 웃고 피었으면 좋겠습니다
지금요

시집

저기 깊은 산속 새가 사는 새집에서 새가 말했다
세상을 아름답게 표현을 하고 있는
아름답다는 시도 시인의 마음속은
예쁜 집이 필요한 것 같다고요
그 꽃 같은 예쁘다는
시들이 모여 있는 시인의 집에요
지금 하늘의 후광을 받아 여러 빛깔
빨주노초파남보 보라보라 그 보라고요
보기 좋게 무지개가 떴어요
도레미파솔라시도
그걸 보고는 사랑스럽게요
행복해서요 여기저기 있는
새들은 물론 수많은 꽃들이 노래를 해요
좋다고

어느 전시회

누군가가 몸과 마음에 있는 예쁘다는 것을
다들 홀라당 알몸으로 드러내놓고는
남들 보고는 예쁘게 봐 달라고요
누드로 벌거벗은 채로
그 모습이 예쁘지 않느냐며
가만히 서 있거나 누워서도 그런다
어여쁜 꽃은 그러지 않아도요
미친 꽃은 그게 언제나요
어디서든 어딘지 아무도요 모르게 다들
어찌된 일인지 홀라당들
홀딱이지 다 벗고
그게 그렇게들 참으로네요
이상해서 누가 봐도 그런가요

그 맛들이 지금은 모두가 갔대요

참 그 이름이 많아

쓴 소리를 들어도 소주 한잔하기가 좋아
명태 그게요 그래서요
헷갈리기도 하네요
취해서들 웃고 그러는 것은 아니었어요
노가리를 까다가 북어를 두들겨 찢고는
먹태도 함께 찢어요
황태도 그래요
여러 번 얼었다가 말렸는데도
동태 눈깔 그것들이요
그렇게 맛이 있어요
국물로도 최고라고 생각합니다
북어국이 웃고 조용히들 그래요
동태찌개도 그러더라 미소를 짓고요
생태찌게도요 부드럽게 그러네요
황태든 먹태든 통북어든 찜으로 해먹어도 끝내줘요
언제여도 무침을 해먹어도 끝내줘요
튀겨서도 고추장에 버무리면 최고래요
엄지척하고는 동해 바닷가
그 원산 구경이나 한 후에는

이집트의 왕처럼 미라가 되었다가

어느 외롭고 가난한 시인의 그 안주가
맛있게 되어서는 그래요
참으로 그 이름이 좋아요 쓴 소주 한 잔이
제격이죠 명태 이름을 팔고서들 그러네요
꽃이어서 웃고들 그런다 예쁘게요

소주 그 한 잔에

달 월

이해되지 않는 것이 등잔불이 켜져 있는 집의 모습이더라
아이고 참말로들 거시기하네요
불편하거나 혹은 다른 한 쪽에서는 보고는 있어도
웃고들 낙인을 찍네

 저 밤하늘에 빛나는 은하수처럼 개울가에 그렇게 황급히
말이네요
 참말로 어이가 없어서 그냥 허허
 싱겁게들 웃고 떠들고 있다고 하더이다
 그냥, 그 초승달과 함께하는 그런 마음이기도 하다

어두운 밤하늘 한구석에 있는 그 꽃이어라
저 깊어 보이는 정말로 간절함이 없으면
그냥 가만히 있어도 웃고들 낙인을 찍네요?
음?
저 하늘 높은 곳에 있는 날개를 달아
꽃으로 보이는 그 모습 그대로 빨간 그런 꽃이어라

그 꽃이더라
늘 함께하는 즐거운 시간이더라
저 하늘 높은 곳에 있는
하느님의 말씀을 전합니다

초승달로 자기네도 끼리끼리 보이는 것 같아 죄송

꽃이고 싶니? 너 예쁘구나

박관식(소설가)

"2023년 6월 9일 결혼기념일에 아내에게 바치는 선물…. 결혼 40주년에 예쁜 꽃들의 시인 김동우 안드레아 시인이 네 번째 시집 『살면서 그 누구나 다 한 번은 꽃』을 헌정합니다."

김동우 시인은 결혼한 지 40년 만에 헌정 시집 『살면서 그 누구나 다 한 번은 꽃』을 아내에게 바친다. 감동적이다. 어느새 40년이나 되었다니 세월 참 빠르다.

그가 결혼한 시기는 서울예대 문예창작학과 학생으로 당시 1학기 수업이 거의 끝나갈 무렵이다. 학교에 다닌 지 얼마 되지 않은 때라서 다들 어리바리할 때인지라 동기생들은 그에 대해 별다른 관심을 보이지 않은 듯하다.

그도 그럴 것이 그 당시 학교에 다니기가 쉽지 않던 때에

느닷없이 결혼이라니 언감생심이었다. 대개의 촌놈은 학교 는커녕 먹고 사느라 학교에 다니는 것도 수월하지 않았던 시절에 그랬으니….

하지만 그가 결혼한다는 일은 대개 침묵으로 일관되어 아는 사람들이 거의 없었던 듯하다. 나 역시 누군가한테서 들어 알았으나 간신히 학교에 다니는 상황이라 그 어떤 행동도 취하지 못했다.

물론 김동우 시인이 학교에 다니면서 결혼한 나이가 그리 늦은 것은 아니다. 동기생들보다 나이가 9살이나 많은 최고선임으로서 결혼 적령기이기는 했다. 나 역시 군대를 제대하고 뒤늦게 만학의 길로 접어든 탓에 결혼은 아예 꿈도 꾸지 못한 어려운 시절이기에 이해를 못 했을 뿐. 다만 결혼도 일찌감치 치른 김동우 학형은 분명 우리와는 뭔가 달라도 한참 다른 그 무엇이 있었다.

그리고 세월이 흘렀다. 그동안 굴지의 출판사에 근무하며 틈틈이 시를 썼던 모양이다. 내가 예전에 어쩌다 교보문고 광화문점에 가면 어김없이 그를 접하는 경우가 많았다. 나 역시 언론사의 출판 담당 기자로 교보문고를 찾았던지라 시간이 없어 잠깐 인사하고 헤어졌지만. 그만큼 그는 출판 업무에 열정적이었던 게다.

시인은 이번 시집을 내면서 다음과 같은 '작가의 말'을 남긴다.

"그냥 바라보고만 있어도 눈물이 나는 그런 그 세상이면 좋겠습니다. 기쁨이 넘치는 그 눈물, 모두의 사랑하는 마음을 다 그런 꿈으로 얼룩지게 하고 있네요. 저 늘 푸른 바다에 가보면 알아요. 그곳에 꿈이 있다는 것을 누구든 알아요. 세상은 아름답다, 늘 아름답다. 다들 그렇게 살고 싶네. 모두가 저 꽃 예쁜 것처럼. 다들 그렇게 살았으면 좋겠습니다."

그리고 앞에서도 밝혔듯이 그동안 살면서 미안했던 아내에게 그런 마음을 전하는 시가 세 편 있다. 시인의 그런 속내는 「부부는 이런 거겠죠」, 「아내」, 「아내에게」 등 시에 슬쩍 묻혀 있다.

사랑한다는 말보다 더욱 진한 사랑은 함부로 말하지 않고 묵묵하게 지켜주는 마음이 더 순수한 사랑이 아닐까.

그런 애잔한 그리움이 잘 그려진 시가 「부부는 이런 거겠죠」이다.

'사랑하는 마음이 예쁘게들 웃고 / 꽃으로 피어 있는 그곳 / 그 꽃이 함께 / 행복하게 사는 곳 / 거기가요 / 대개는

이런 거겠죠 / 그 부부는요 / 저 꽃이요 / 예쁘게들 사는 그
곳 / 저 꽃 세상 / 그 아름다운 저 꽃밭'

곱게 손질한 모시 적삼을 어여쁘게 아름다운 자태를 뽐
내고 거침없이 입은 꽃의 아내에게 꼿꼿하게 바치는 헌시
가 아름답다.

그러나, 김동우 시인은 최근 급격히 감소하는 체중 때문
에 병원에서 진단받고 소장과 대장을 떼어내는 수술을 감
내했다. 지인들은 자칫 이번 시집이 그의 유고 시집이 될
뻔했다는 우스갯소리를 한다. 말은 쉽지만 아찔하다.

그나저나 진정으로 아내를 사랑하신다면 당신의 건강을
위해 스스로 토닥이고 일깨워주는 일에 나태하지 않기를
바란다. 그리고 보다 멋진 꽃 시를 계속 남기기를….